LES

CAILLOUX BLANCS

DU PETIT POUCET

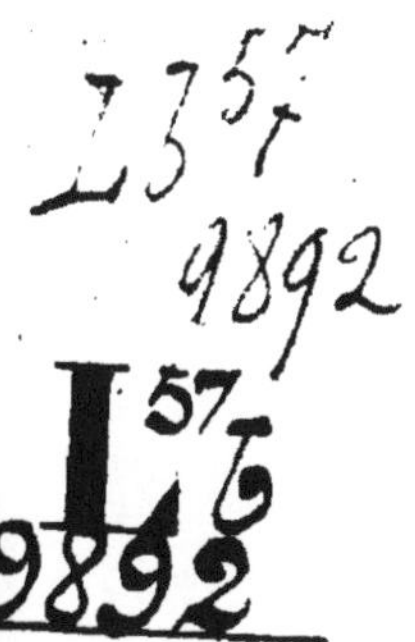

CINQ CENTIMES

LES

CAILLOUX BLANCS

DU PETIT POUCET

POUR RETROUVER LE CHEMIN DE LA MAISON

La véritable histoire de la France depuis cent ans en cinq cents lignes

> Si on a dit rarement de moi : Il a raison aujourd'hui, on a dit bien souvent : comme il avait raison hier ; il y a dix ans — il y a vingt ans.
>
> ALPHONSE KARR.
> *Saint-Raphael (maison close).*

PAR

UN VIEUX SPECTATEUR DÉSINTÉRESSÉ
QUI N'A JAMAIS VOULU ÊTRE RIEN DANS RIEN

CHEZ TOUS LES LIBRAIRES

1889

LOUIS XVI

Louis XVI, en montant sur le trône, refuse le don accoutumé et onéreux de « joyeux avènement », ainsi que celui appelé « la ceinture de la Reine » ; il supprime autour de lui le faste de la « royauté », restreint sa « maison » et réduit ses dépenses personnelles à des actes de bienfaisance.

Il appelle au ministère les hommes que lui désigne l'opinion publique, Malesherbes, Turgot, etc., il rétablit les parlements, abolit la torture et les lettres de cachet, après avoir mis en liberté les prisonniers de la Bastille. Il crée le Mont-de-Piété, la Caisse d'escompte, etc.; mais la France se trouvait en face d'un « déficit » qui datait de loin et s'élevait à cinquante-cinq millions — chiffre qui ferait hausser les épaules à nos maîtres d'aujourd'hui.

La populace danse autour de l'échafaud en criant : « Mort au tyran. »

On n'appelle un roi tyran que lorsqu'on s'est bien assuré qu'il ne l'est pas.

Le coup est fait, les premiers arrivés se partagent les morceaux de « la prétendue tyrannie ». — En France, on n'est nullement républicain ; la République, et nous en sommes à la troisième expérience, n'a jamais été un but, mais une échelle, — on attaque les abus, non pour les renverser, mais pour les conquérir et en jouir.

Arrivent en foule d'autres affamés à la curée, mais les premiers ne trouvent pas les morceaux trop gros pour leur voracité et refusent de les diviser et de partager.

Ils s'entre-guillotinent les uns les autres ; — alors on voit le pillage, l'incendie, la guillotine en permanence dans toute la France, les mitraillades, les noyades, le massacre des prisonniers, — ces dissensions entre les complices, ces crimes, ces folies finissent par livrer la France à Napoléon Bonaparte.

BILAN DE LA RÉPUBLIQUE

Du 1er mai 1789 au 1er octobre 1791 — salaire de 1,213 membres, à chacun 25 francs par jour : 19,257,688 francs.

Châteaux incendiés : 128 ; conspirations : 66 ; insurrections : 77.

Assemblée législative, du 1er octobre 1791 au 20 septembre 1792 :

755 membres à 18 francs par jour et par tête : 4,363,060 francs.

Directoire exécutif : 6,368,749 francs.

Conseil des Anciens : 250 membres à 25 fr. par jour : 12,295,750 francs.

Conseil des Cinq-Cents : 500 membres à 28 francs par jour : 20,800,000 francs.

Sous la Convention, les proscriptions, les guerres intestines, les mitraillades, les noyades, les échafauds ont fait périr en France :

Hommes, femmes et enfants : 989,816.

Français morts aux armées : 250,000.

Devenus fous : 1,550.

Villes et villages détruits : 27,000.

Français émigrés : 123,799.

Ventes des biens nationaux, des biens du clergé et des émigrés : 2 milliards.

Assignats fabriqués : 5 milliards.

Emprunt forcé sur « les riches » : 2 milliards.

Banqueroute aux assignats, etc.

Alors apparaît Bonaparte, et les soi-disant républicains encombrent ses antichambres. « On en vit beaucoup, dit un chroniqueur contemporain, assis au pied du trône de Napoléon au Champ de Mai. »

**

NAPOLÉON BONAPARTE

CONSUL. — EMPEREUR

Je n'entrerai pas dans les détails des guerres et des victoires de « Napoléon le Grand », les capitales envahies, les royaumes donnés à ses frères et à ses sœurs, etc.

Voici en bloc le bilan des dépenses payées par la France :

Salaires des principaux fonctionnaires :

Consulat : 110,981,210 francs.

Empire : 944,760,467 francs.

Il est vrai qu'on était bien payé :

Au Sénat, chaque membre recevait 98 fr. 60 par jour.

Au Corps législatif : 27 francs par jour.

Au Tribunat : 15,000 francs par an.

Ce qui ne les empêcha pas de prononcer la déchéance de Napoléon quand la fortune l'eut abandonné.

Quant aux guerres, aux victoires, etc., le résultat final fut :

Deux invasions ; deux fois les armées étrangères victorieuses à Paris ; cinq millions de cadavres français laissés sur les champs de bataille ; des haines, des rancunes, des défiances amassées contre la France, et dont nous souffrons encore aujourd'hui.

LA RESTAURATION

L'avènement du comte de Provence, frère de Louis XVI, est sous le nom de Louis XVIII accueilli comme une délivrance par la plus grande partie de la France. — Un retour prestigieux de Napoleon pendant cent jours n'a pour résultat que de nouveaux cadavres et une seconde invasion étrangère, une plus forte rançon à payer, et l'aggravation des haines et des rancunes. On dansa sous les balcons des Tuileries en criant : « Vive le Roi ! » comme on avait dansé devant l'échafaud de Louis XVI, en criant : « Mort au tyran ! »

La « Charte » consacre la suppression du

pouvoir absolu et soumet le monarque aux lois comme le dernier de ses sujets ; — mais bientôt se forma une étrange, absurde et redoutable armée contre le gouvernement restauré et la paix intérieure.

Elle se composa d'abord de deux partis aussi ennemis l'un de l'autre qu'il est possible — les Bonapartistes et les Républicains — la plupart de ceux qui n'avaient pu se faire accueillir par le nouveau gouvernement — d'accord pour renverser le pouvoir, résolus à se battre ensuite et à se le disputer avec acharnement quand ils l'auraient renversé.—On trouva un nom et un masque pour dissimuler ce que cette alliance avait de monstrueux,— on adopta le nom de *libéraux* — et cette dénomination séduisit un certain nombre de gens qui, certes, n'étaient ni républicains ni bonapartistes, mais croyaient ne s'associer que pour le maintien de la liberté garantie par la Charte ; — ce nom de *libéraux* fut à la mode, ça donnait un air d'homme fort et d'une certaine supériorité avec ce reflet d'opposition taquine qui réussit toujours en France.

Sous le règne de Charles X qui succéda à son frère, on éplucha, on discuta, on chicana, on interpréta en sens divers un certain article de la Charte — et alors eut lieu la

RÉVOLUTION DE JUILLET

aux cris absurdes, cocasses de « *vivent Napoleon et la liberté !* comme qui dirait : vivent le loup et l'agneau—vivent le chat et l'ours ; les forts ne criaient que *vive la Charte* contre laquelle ils s'étaient armés et que la plupart n'avaient pas lue ;— beaucoup se firent résolument tuer en criant : *vive la Chatte.*

C'est alors que, le pays menacé d'une terrible anarchie, on alla chercher Louis-Philippe à Neuilly.—Nommé d'abord lieutenant général, il fut ensuite proclamé roi le 9 août 1830. —La Fayette qui s'y connaissait— ayant dit en l'embrassant à une fenêtre de l'Hôtel de ville — Voilà la meilleure des républiques.

GOUVERNEMENT DE JUILLET

Le duc d'Orléans était depuis longtemps très populaire; on n'avait pas oublié que, tout jeune, il avait puissamment par sa bravoure contribué aux victoires de Jemmapes et de Walmy; on savait que, forcé de se mettre à l'abri des fureurs révolutionnaires et de quitter la France, il n'avait pas voulu chercher un asile et des secours chez les princes étrangers, qu'il était allé donner des leçons de mathématiques dans un collège de Suisse, où il gagnait douze cents francs par an, ses seules ressources alors et dont il s'était contenté. — C'était un esprit libéral et ayant « beaucoup appris »; ses quatre fils étaient successivement élevés au collège Henri IV avec les jeunes gens de leur âge et de toutes conditions.

La Charte de 1830, modifiée sous son in

fluence, élargissait les responsabilités et les garanties de la liberté.

Pendant dix-huit années, une paix maintenue avec dignité avait effacé les rancunes et les défiances amassées contre la France. La France respectée, et quoique justement enviée, aimée par l'Europe rassurée, était devenue la seconde patrie, souvent préférée à la première, de tous les peuples.

On vit non seulement la liste civile de Louis-Philippe, mais aussi sa fortune personnelle, employées à protéger efficacement l'agriculture, l'industrie, la littérature et les arts. Dans une seule année, sur sa cassette, il décupla pour les encouragements aux beaux-arts la somme allouée à ce sujet par la Chambre des députés.

Dans le rude hiver de 1830-1831, il donna plus de deux millions pour des distributions de pain, de soupe, de vêtements et de literie et de secours en argent.

Jamais il ne plaça un écu hors de France — jamais il ne fit aucune acquisition à l'étranger.

Comme on lui conseillait, dans un pays aussi sujet aux révolutions qui ont bouleversé tant d'existences, d'assurer pour l'avenir, hors de France, des ressources, sinon pour lui-même du moins pour sa famille, il répondit :

« Si la France doit souffrir nous souffrirons avec elle, — je ne séparerai jamais ma destinée ni celle de ma famille des destinées de mon pays ! »

Et cela était si vrai que, en 1848, réfugié à l'étranger, il se trouva, pendant neuf mois sans aucune ressource.

Aucune prospérité, aucune illustration ne manqua à ces dix-huit années : — les armes de la France furent victorieuses à Anvers et en Afrique où il s'agissait d'étendre et d'assurer cette riche colonie — qui rendait si inutile, si odieuse, cette folie criminelle du Tonkin, — et partout où l'armée française s'est battue, les quatre fils de Louis-Philippe ont combattu aux premiers rangs.

A Anvers, les deux aînés, le duc d'Orléans et son frère le duc de Nemours, se distinguèrent en vrais fils de France.

Louis-Philippe refusa successivement pour le duc de Nemours la couronne de Belgique et la couronne de Grèce.

En Afrique, le duc d'Orléans, accompagné

****

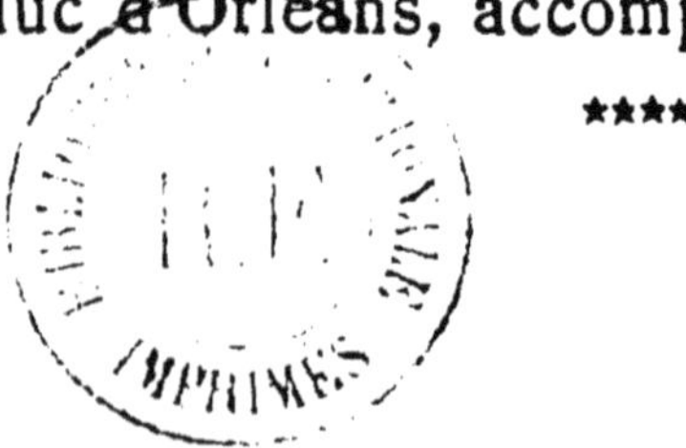

du duc d'Aumale, franchit les *portes de fer*, jusque-là réputées infranchissables; — il est blessé à *Abrah*, près de Médéah.

Deux fois, le duc de Nemours se mêle aux dangers et aux succès de nos soldats. — Devant Constantine, à la tête d'une brigade d'avant-garde, il repousse une sortie des Arabes et prend Constantine.

Le duc de Montpensier est blessé en Afrique.

Le duc d'Aumale prend la smala d'Abd-el Kader et Abd-el Kader lui-même.

Le prince de Joinville, qui se destinait à la marine, passe ses examens, comme tout le monde, à l'école navale de Brest, et n'est nommé capitaine de vaisseau qu'après avoir pris Saint-Jean d'Ulloa.

Il bombarde Tanger, en présence d'une escadre anglaise malveillante, — et s'empare de Mogador.

Pendant ce temps, la reine Marie-Amélie, ses filles et ses brus rappellent les matrones, aux beaux temps de la République romaine; à l'ombre du foyer de la famille, modestes, ignorées, trahies seulement au dehors par des bruits discrets de bienfaisances et le parfum des vertus.

On trouverait difficilement dans toute l'histoire de la France dix-huit autres années aussi heureuses, aussi fécondes, aussi brillantes, — une époque promettant un avenir aussi prospère et aussi assuré.

Mais, de même que d'immondes tarets s'accrochent à la coque d'un navire et le percent de trous innombrables, — des ambitieux effrénés, des vaniteux ivres d'eux-mêmes, des déclassés, des décavés, des *fruits secs*, des politiques de taverne, des orateurs de la borne — n'ayant ni la capacité, ni la force, ni la patience de suivre un chemin correct, ne trouvant pas dans un gouvernement régulier ni de place pour eux, ni d'aliments d'assouvissement à leur appétit, s'efforçaient de remuer la lie, la vase de la société, pour la faire monter en écume à la surface, et pêcher en eau trouble.

On commença par fausser audacieusement l'histoire contemporaine ; — de gros pamphlets sous le nom usurpé d'histoire, publiés par M. Thiers, par Michelet, par Louis Blanc, etc., expliquèrent, excusèrent les folies et les forfaits de la première Révolution, réhabilitèrent, grandirent, glorifièrent les fous, les scélérats, et les monstres; des journaux, des clubs, des conférences, quelques tentatives à la tribune, propagèrent ces mensonges : « Il suffit, disait le cardinal de Retz, ce grand émeutier, d'assembler le peuple pour l'émouvoir. »

Il faut un prétexte et surtout un cri : on demande « la réforme électorale », on annonce un banquet où on boira à la réforme; — les députés qui avaient provoqué le mouvement ont peur et n'assistent pas au banquet.

J'arrête dans la rue un homme qui criait à tue-tête : « La réforme. » — Qu'est-ce que la réforme? lui demandai-je. — La réforme... c'est la réforme — vive la réforme. — Mais encore, dites-moi ce que c'est, pour que je crie avec vous — la réforme? Je ne sais pas... mais je la veux à mort — vive la réforme.

On voulait seulement faire du bruit, on a fait une révolution; — Louis-Philippe et sa famille sortent de France; — ce qu'on appelle à tort le peuple, c'est-à-dire la populace, envahit et saccage les Tuileries, le Palais-Royal et le château de Neuilly; — le « peuple rentré dans ses droits » boit dans les caves du roi — 79,961 bouteilles de vins, et vide 450 tonneaux ; — il est vrai que quelques membres du gouvernement provisoire en font porter quelques fûts chez eux — j'en ai les preuves entre les mains.

Tous, excepté Lamartine et Vaulabelle, s'emparent pour leur service personnel des voitures « du tyran » — et, comme disait la femme d'un de ces grands citoyens encore aujourd'hui aux affaires : « A présent : c'est nous qu'est les princesses. »

Le petit Louis Blanc fait au Luxembourg des conférences où il insuffle aux ouvriers des idées absurdes, des espérances folles, des ambitions injustes et extravagantes et des haines féroces.

Arrivent les terribles journées de Juin : — le sang coule à flots, l'émeute est vaincue, mais non apaisée.

On va nommer un président de la République : — on a Lamartine : qui, pendant quinze jours, par sa bravoure et son éloquence, a été la seule force qui préservât Paris du pillage, de l'incendie et du massacre. On a Cavaignac qui vient à son tour de sauver Paris.

On nomme Louis-Napoléon, qu'on ne connaissait que pour deux tentatives de désordre, et qu'on espérait renverser quand on voudrait.

Dès lors, nous n'allons plus voir que des parodies.

Le « prince-président », parodie de son oncle, après avoir renouvelé à la Chambre des représentants son serment de fidélité à la « Ripiplique », j'assistais à la séance, et je n'ai pas oublié son accent tudesque, le prince Louis, fait au 2 Décembre, la parodie du 18 brumaire de son oncle. Son usurpation est ratifiée par un plébiscite.

SECOND EMPIRE

Un peu d'ordre se rétablit, mais Napoléon III, qui avait dit : « L'Empire, c'est la paix », entraîné par la tradition de son oncle, veut voir sur les pièces de cent sous sa tête comme celle de son oncle, couronnée de lauriers.

Il fait la guerre d'Italie, qui, par une apparence de générosité, séduit les Français, mais nous prépare des ingrats qui fatalement deviennent des ennemis.

Il fait la guerre absurde du Mexique, puis la folle guerre contre la Prusse, sans y être prêt en rien. — Il s'improvise général en chef, est fait prisonnier et nous amène, toujours à l'exemple de son oncle, une troisième invasion.

Mais aussitôt Napoléon prisonnier, reparaissent les hommes politiques de café, les orateurs de tavernes, les Démosthènes du ruisseau qui s'emparent du pouvoir ; — l'avocat Gambetta et l'ingénieur Freycinet se nomment réciproquement ministres de l'intérieur et de la guerre, et s'arrogent un pouvoir absolu, — et se sentant petits, n'appellent que des complices plus petits qu'eux pour ne pas être éclipsés.

Ils continuent, pour garder plus longtemps le pouvoir usurpé, une guerre désormais impossible. — L'avocat Jules Favre dit : « Nous mourrons tous jusqu'au dernier », — l'avocat Gambetta dit : « Nous avons fait un pacte avec la victoire et avec la mort ; » pas un d'eux n'expose une seule fois sa précieuse peau à la moindre apparence de danger, tandis qu'ils envoient des milliers de Français mourir inutilement moins des balles des Prussiens que de misère, de l'incapacité et de l'outrecuidance de ces hommes auxquels Thiers, qui plus tard s'est fait leur complice pour être leur maître, a pu dire, en pleine Assemblée, sans qu'ils aient osé répondre : « La France vous doit la moitié de ses pertes en hommes, en argent et en territoire. »

A la nouvelle des désastres de la France,

les quatre fils et les deux petits-fils de Louis-Philippe accourent de leur exil et réclament non un rang, mais une place dans l'armée française : — le droit de combattre et au besoin de mourir pour la France.

Gambetta et Freycinet repoussent insolemment ces généraux expérimentés qui avaient fait si bien leurs preuves de bravoure et d'habileté et qui ne demandaient qu'à être soldats là où les avocats étaient généraux. — Ç'a été un des crimes de leur vanité aveugle et de leur ambition avide de priver la France en détresse de ce secours providentiel, craignant plus de se voir effacés et remis à leur place que de voir la France vaincue et envahie.

Le prince de Joinville, repoussé, trouve moyen, avant de repartir pour l'exil, de tirer un coup de canon contre les Prussiens ; — le duc de Chartres fait toute la campagne sous le nom de Robert le Fort.

Quant aux autres généraux — désespérés par l'ignorance, par les bévues, par l'insolence des dictateurs, — un se tire un coup de pistolet à la tête, Paladines d'Aurelle meurt de chagrin et un troisième perd la raison.

LA COMMUNE

Pendant ce temps-là, deux douzaines de fruits secs, de déclassés, de ratés, — se font une petite armée de piliers de taverne, de repris de justice, de souteneurs de filles, de banquiers de bonneteau s'emparent de Paris, — s'affublent de panaches, de ceintures, d'écharpes, de grandes bottes rouges, vertes, jaunes, — et se déclarent gouvernement absolu au nom de la liberté. On joue les Robespierre, les Marat, les Danton, les Fouquier-Tinville, les père Duchesne, et on parodie « la Terreur », le massacre des prisonniers, en assassinant « les otages », des prêtres et des magistrats ; on dévaste, on pille, on incendie, et Paris, que Hugo — appelait « la ville lumière », prenant naïvement pour une lumière la lueur de l'incendie,

— subit le « gouvernement » : deux millions d'hommes se soumettent à la tyrannie de quelques fripouilles qu'ils auraient écrasées rien qu'en leur jetant leurs pots de chambre sur la tête.

L'armée cependant rentre dans Paris ; — Thiers, qui, en 1871, a tant tué de vrais et de faux républicains suscités et abusés par lui-même, qui vient d'en faire tuer des milliers à Versailles, est nommé président d'une République amenée par lui et malgré lui.

LE GOUVERNEMENT ACTUEL

Ovide conte l'histoire de Cadmus, qui, ayant tué un dragon, sème les dents du monstre, et de cette semence voit sortir des sillons une multitude d'hommes armés qui s'entre-tuent — C'est l'histoire de la république de 1871 comme de celle de 1792 — à cette différence près que Cadmus en sauva cinq avec lesquels il bâtit la ville de Thèbes. — Ces cinq-là ont toujours manqué et manqueront toujours.

Aujourd'hui, la république, qui, comme en 1793, — se dit *une et indivisible*, — se partage en un demi-quarteron de républiques différentes et ennemies entre elles — démocrates, patriotes, anarchistes, nihilistes, possibilistes, intransigeants, etc. — Si bien que, tout en arborant le drapeau rouge, le drapeau noir, etc., le vrai drapeau qui la représenterait serait la culotte d'Arlequin.

Ils semblent une meute de molosses, qui d'accord a poursuivi et abattu un grand cerf, et se battent au moment de la curée.

Ceux des « citoyens » qui se sont emparés du pouvoir et qui ne trouvent pas les morceaux trop gros pour leur appétit, — sont cependant forcés de rogner un peu leur part, pour apaiser ceux qui crient et menacent de mordre. — On ne parle que de spéculations honteuses, de trafics sordides ; — l'affaire du Tonkin, qui a déjà coûté tant d'hommes et tant de millions, passe pour n'avoir eu pour but et pour résultat que de caser certains complices et de se débarrasser de certains autres — et de faire une grosse fortune à un parent d'un des dictateurs. Sous prétexte d'épuration, on a rendu la justice suspecte, — ce qui est le plus grand malheur et le plus dissolvant pour une société. — M. Freycinet, à l'outrecuidance et à l'incapacité duquel la France a dû la moitié de ses désastres, est de nouveau ministre de la guerre. — Félix Pyat et Cluseret, deux des chefs de la Commune, sont députés; chaque fois que le tas qui s'est juché au pouvoir se voit menacé, il est forcé d'appuyer plus ou moins à gauche, — c'est-à-dire vers le retour à l'anarchie, à la commune, à la terreur, aux assignats, aux impôts forcés, à la guillotine — et, chaque matin, en nous réveillant, nous pouvons constater qu'on a glissé, pendant la nuit, sur la pente fatale, et que nous sommes un peu plus près que la veille du gâchis complet et de la ruine de la France.

Pendant ce temps, le Bonapartisme, qui a par deux fois coûté assez cher à la France, et semblerait devoir être dans notre histoire une parenthèse à jamais fermée, n'a pas donné sa démission : — un autre neveu de Napoléon Ier et un petit-neveu, le père et le fils, se disputent pour nous donner un troisième empire, une parodie du second empire, qui était une parodie du premier, et une quatrième invasion.

D'autre part, la horde juchée au pouvoir, croyant avoir besoin d'un sabre, avait inventé le général Boulanger; c'était un homme auquel il n'avait, je le veux bien, manqué que l'occasion, mais elle lui avait complètement manqué, pour sortir de la foule des généraux : il n'a jamais commandé en chef, il n'a montré ni une bravoure ni une capacité supérieures à celles des autres. — C'était un général quelconque ; — c'est pour cela qu'on l'avait choisi, pensant le trouver plus docile. — Mais le voilà qui à son tour devient inquiétant, et ils s'efforcent, sans succès jusqu'ici, de le rejeter dans le néant d'où ils l'ont eux-mêmes tiré.

Ils ressemblent à l'élève du sorcier dont parle Gœthe, — Il a surpris à son maître un secret qui lui donne le pouvoir de se faire apporter de l'eau par les démons; mais bientôt il a assez d'eau, il leur crie : « N'en apportez plus, j'en ai assez— j'en ai trop. » — Mais il ne sait pas le secret de les arrêter ; — ils continuent — l'eau monte toujours et le noie.

C'est exactement la situation du « gouvernement » si tant est qu'on puisse appeler ça un gouvernement ; — il a déchaîné la démagogie qu'il lui est impossible d'arrêter, qui monte, le submerge et submergera tout.

Après la mort si funeste du duc d'Orléans, sa jeune veuve comprit qu'il n'y avait plus pour elle qu'un bonheur dans la vie, et que ce bonheur consistait dans l'accomplissement d'un grand devoir: faire de son fils d'abord un homme, et en même temps, et en tout cas, un roi, si la France avait besoin de lui : ainsi que dans la ruche, — exemple et modèle d'une sage république, les abeilles nourrissent d'un miel choisi celle qui vient de naître et doit être la reine.

Aux Tuileries, comme dans l'exil, jusqu'à la fin de sa vie, elle resta renfermée austèrement dans ce devoir.

Aux études littéraires et scientifiques, on ajouta, sous sa direction, pour le jeune comte de Paris, les études et les exercices qui devaient faire de lui un soldat comme son père, comme ses oncles, comme son frère, le duc de Chartres (Robert le Fort); — il vint un moment où tous deux, impatients de gagner leurs éperons, et ne pouvant combattre pour la France, allèrent en Amérique combattre du moins pour la liberté contre les partisans de l'esclavage, — et le général en chef Mac-Clellan a dit hautement avec quelle distinction digne de leur race ils s'étaient comportés.

Le comte de Paris s'est livré à des études très sérieuses sur la situation et les vrais besoins, les vrais intérêts de la classe ouvrière, comme en font foi divers travaux publiés tant sous son nom que sous des pseudonymes transparents.

Les princes d'Orléans, qui, en 1848, à la tête d'une armée et d'une flotte où ils étaient si justement populaires, n'avaient voulu mettre aucun obstacle à ce qui semblait être la volonté de la nation ; de même en 1871, à la chute du second empire, rentrés dans cette France à laquelle ils avaient offert leur vie pendant la guerre, nourris et mûris dans les idées les plus libérales, ils acceptaient la république, si elle restituait et maintenait à la France la prospérité et la dignité — se livrant aux douceurs de la vie privée, s'occupant chacun de leurs études préférées, les sciences, les arts, les lettres, et ne demandant que l'égalité avec les plus humbles citoyens. — Cette égalité, ils ne l'obtinrent pas, et odieusement, bêtement, on les dépouilla des grades qu'ils avaient gagnés au service de la France et au prix de leur sang.

Mais il n'y eut pas longtemps moyen de s'y tromper : — la république n'était pas la république; c'était au contraire l'anarchie et le gâchis ; — c'était la France livrée à toutes les incapacités, à toutes les avidités, à toutes les « ripailles », à l'abaissement, aux humiliations, et sur la pente d'un désastre et d'une ruine complets.

C'est alors que le comte de Paris vit que ce n'était plus le temps de la vie studieuse et privée; — que l'heure du devoir avait sonné, et que ce devoir était de s'efforcer de restituer à la France la monarchie, qui l'avait faite « si grande, si heureuse, si respectée, si aimée ».

C'est ainsi que, prêt à tout, il attend dans l'exil le signal que donnera la France réveillée du cauchemar qui l'oppresse.

Paris. — Imp. A. WARMONT, Galerie d'Orléans
Palais-Royal).

www.ingramcontent.com/pod-product-compliance
Ingram Content Group UK Ltd.
Pitfield, Milton Keynes, MK11 3LW, UK
UKHW021031200726
13857UKWH00004B/1700

9 782012 784864